歌集

鷹柱《たかばしら》

島崎征介

短歌研究社

鷹柱　目次

鷹柱

駅前広場

鳴り出づるかろきメロディ正午なり駅前広場にバス回り来る

音やみて笛吹く人形籠りたりからくり時計の面素つ気なし

季節なきたんぽぽ増えて外来種街の並木の植ゑ枡に咲く

混み合へる交差点になほゆらゆらと自転車こぐ人薄笑ひせり

末尾には焼いてほしいとある手紙読みて了へり文学展を出づ

街の声拾ふマイクを何とせむわれに笑みかけ寄り来るをみな

薄曇る日比谷の午後は一人づつベンチを占めて今ひとつ空く

ナウマン象の坂

四方から寄せ来る人の摩擦熱渋谷駅前ひたすら渡る

「あ、どうも」と声を掛け来るこの男覚えなければ目をそらし過ぐ

落書きを見かけずなりぬ傘に寄るナナコとアキラ妬み混じりの

客のなき一階隅の占師となりの売り場に声たて笑ふ

移る世の終のひとつかブラックの缶コーヒーの並ぶ販売機

背をまるめ革の鞄に針通す店主の作を売り場に選ぶ

この坂をナウマン象が越えゆけりビルの渋谷に夕立上がる

「路傍の石」

漱石のケーベル先生に見習ひて住宅街は外して歩く

崖下の国分寺跡に湧き出づる水は流れて野川へそそぐ

青空に切れ目を入れてヒッと鳴く雪加《せっか》は見えず頭上をゆくも

ひらひらと舞ふにはあらず薄羽白蝶雌をめがけて急降下せり

有三の旧邸前に据ゑられて巨大なるかな「路傍の石」は

油脂採りし跡は般若の面のごと井の頭の松戦時を刻す

あかねさすきみの瞳はその草のノートに滲む色見つめをり

川下り

畔道にカメラを向ける人らゐてわが乗る汽車はカーブして過ぐ

降る雨は合羽のわれを伝ひ落ちふたつの海へわかれゆく峰

うちつけに流るる水の消え失せて滝の真上を岩魚の泳ぐ

ゴトゴトと舟の底打つ音はなに「地震」の声に顔を見合はす

舟底を地震の打つ音収まれば船頭顔上げ舟唄うたふ

電灯の明かり差す岩つたひ来て地の底に水の流るるを聴く

流灯の暗き波間にふと消えてわれはデッキの手摺に寄りぬ

椨の木

この土手に俄かに赤き曼珠沙華直ぐなる茎の寄り添ふあはれ

鶏頭の刈られたるまま道端を赤く染めゐて小雨降る朝

張る枝に繁る葉暗き椨《たぶ》の木の社にひとり畏みてをり

柿渋を用ゐずなりて熟す実のたわわなる木にメジロの群るる

楠の葉に同じ色して張りつける幼虫いとし青条揚羽は

用水路工事指揮せし武士の像あるべき貌もて公園に立つ

人間の中身といふを思ひ来て橋にかかれば川の底見ゆ

九十九里

ゆくてには白き風車の一基二基小さく見えてあの先は海

日と月の重なるけふの大潮の波の上ゆくウミネコの声

堤防に群るるかもめを抜き出でて曲線黒く姫鵜の立てる

波の間に浮標《ブイ》の浮く見ゆぷかぷかと抗ふでもなし流されもせず

九十九里の夜明けの浜に幻視せり次々上がる風船爆弾

初詣で

元日に政治を語る宣伝カー清らなる気を破りてゆきぬ

拡声器「死後裁かれます」も景物ぞ初詣でのひと参道に続く

舞ふ獅子に咬まれし頭上げる子のはにかむやうな浅草の春

曲乗りを終へたる人の足下へ放れる硬貨百円の音す

熟年のグループ巡る七福神旗をかかげてまたすれ違ふ

地震

ただならぬ揺れの続けば世の終り頭かすめて駐車場に立ち尽くす

われここに逃れて立つも何処にか大き災禍の襲ふを思ふ

nuclear 兵器に訳せば核なるを発電用には原子力と呼ぶ

十万年のちに測るは猩々かプルトニウムをヒトの遺跡に

日の丸と浦和競馬の組合旗半旗のもとにファンファーレ鳴る

砂煙あげて駆けゆく出走馬二本の半旗をたちまちに過ぐ

この場にて地震起こらばその時はと株主総会の議長まづ言ふ

水の面は常と変はらず浜名湖を「ひかり」に過ぎて無事とつぶやく

来賓

ポスターに微笑む候補白すぎる歯に向きをればバスの寄り来る

はからずも他人《ひと》が認むるわが老いか目礼をして腰をかけたり

耳慣れぬ故事四字熟語はなむけに説く来賓は目を落としつつ

読み上げて演壇もどる来賓の椅子に着くまで靴の音聞く

アイポッド帯に差したるをとめごの抜かむとすればメタルが光る

石垣の高みに見下ろす花の雲千鳥ケ淵の水面をおほふ

伊賀忍者隠れて居るや半蔵門ランナーひたすら走りてゆけり

神田

若きより馴染みし街に初めてのニコライ堂の鐘鳴るを聴く

すずかけと楠の若葉を仰ぎつつ坂を下れば八木書店今も

聞こえきてふと立ちどまる喇叭の音宵の神田を豆腐屋がゆく

奥付に無着の印を見出でたり『山びこ学校』店に購ふ

メンチカツ待つ間眺むる神保町帽子の男ひとりごちゆく

熱気球

枝伸びて細きに輝く純白の泡吹虫の泡の細かさ

筍を掘りゐる男地続きの大き構への家の主らし

殻閉ぢて地にひと冬を過ごしけむ水張れる田に丸田螺這ふ

釣り糸を田んぼの脇に垂らしゐる麦わら帽子とんぼ離れたり

着地点超えて近づく熱気球人家の狭間に降下してくる

飛行機雲

あぢさゐの花のなかゆく鉄道の重き手動の窓を持ち上ぐ

空の点囀るひばりを撃つやうに飛行機雲がまつすぐに来る

ひとつ摘む野いちごの赤あざらけし味はなけれど口を潤す

石垣の隙に巣のありドロバチの黄と黒の縞もぐりてゆきぬ

これと決め江ノ島に食ふシラス丼光れる海を腹に納めたり

草笛

地に降りてなほも囀るひばりかな隣りの田には水の入り来る

くれなゐの実は甘からむ一粒のウグヒスカグラ日に透かし見る

安らけき雛のさまなりかいつぶり親の背羽に隠れて泳ぐ

枝に傘逆さに開き揺らす子に黒き桑の実ぱらぱらと落つ

巣立ちして間のなき燕川の面の葦に群れをり尾羽短く

下を向く薄紫の茄子の花指に反らせば黄の蕊をかし

うちつけに掘り起こされて逃げ惑ふシャベルの先のケラの懸命

八木節のしらべ流れて野の径を吹く人来たり草笛ならむ

年金生活者

夏帽子すてきですねと窓口の若き局員に先手とられぬ

指示されて職業欄に記したる「年金生活者」名乗ることなし

いつ死んでもいいけれどなかなかねと老女言ひかけナースに呼ばる

この店も「いらつしやいませこんにちは」の笑顔の陰でカメラが見つむ

何買ふにもポイントカード促され持たぬと言ふにエネルギーの要る

極楽は四時に開くらし待つ人らことば交はしてはつなつの湯屋

そこここで財を使ひて帰る途ひと日社会に貢献したり

むささび

立ち枯れの木のなかほどのまるき穴コゲラ顔出し木屑を吐きぬ

枝豆の遠祖と聞きしツルマメの莢の薄さを指先に見つ

おほるりの高き音まろく転がれり深山の空の澄みわたる青

降る雨の一筋となり伝ひくる橅の木肌の白きを見上ぐ

七つ八つまたたく光くさむらの奥の水辺の闇に誘ふ

日の暮れて三十分なりむささびは空《うろ》より出でて幹駆け上る

梢へと上るむささびせはしなし灯火に追へば裏側へ消ゆ

宵闇の梢離れてすべりくる影は方形むささび迅《はや》し

古代蓮

左右より内に巻きゐる細き葉の開き出づるあり蓮池の朝

千年を地中にいのち存へて咲く古代蓮三日目の花

銛持てる人の立ちしか丸木舟高き舳先の炭化してあり

嬉しげに笑ふ埴輪よ目を細め口を開きてわれも笑はむ

からだには感じぬ地震つねにあり記録紙に続く細かき波形

なにゆゑに一つ目ならむミヂンコはレンズの下にくるんと反る

骨の数ヒトに勝るを聞きしよりイヌに逢ふたび一目を置く

大粒の雨の落ちきてうちつけに白き湯気立つ歩道を渡る

上野

上野駅七番線のきつねそば券を出すたび人替はりをり

静かなる駅長ならむ囀りもメロディも流さぬここ上野駅

眠りたる幼子抱きて来しふたり象の広場にベンチを探す

猿山の猿見て笑まふ人の顔はかなげにして眉と唇

高き音をたどれる指の弧を描くきみはハープの陰に隠るる

寄席

噺家は笑はぬ客にあせりつつわれは耐へつつ向き合ひてをり

失敗のなきまま終はれと目守りゐる高座の芸にタネ仕掛けなし

銜へたる扇子に土瓶回しつつポンと手を打ち蓋のみ落とす

「ざるそば」の題にとまどふ振りしつつ紙切り正楽鋏動かす

追ひ出しのせはしき太鼓背に受けて寄席を出づれば夕立のくる

運転

嚔《くさめ》して両目を瞑るその間にも運転中の車は走る

炎天の工事現場に深々と頭を下げ車を制止する人

思川《おもひ》暗渠となりて流るるか交差点の名に「泪橋」残る

交差点渡るをとめら浴衣着て今宵は花火はた夏祭り

鈴蘭の花想はする街路灯速度おとして昭和をくぐる

隣席のゲートボールの運営をめぐる批評はなほ続くらし

野良猫に餌やる人よ笛吹いてどこか遠くへ連れて去られよ

ワイパーのせはしく振れて夜の道先ゆく車の尾灯が滲む

硫黄島

島見えて摺鉢山が近づきぬ米軍の上陸したるあの浜

山頂は艦砲射撃に崩れ落ち摺鉢のうち曝されてあり

しづまれる浜のかなたに格納庫自衛隊施設の重なりて見ゆ

デッキまで匂へる島の硫黄ガス白き噴煙の岸辺に上がる

崖下に赤きクレーンの上下して壕を掘るらし遺骨眠れる

白菊を海に投じて黙したり硫黄島沖に弔笛が鳴る

頂は九百メートル超ゆるとふ南硫黄島海と空分く

この崖に村がありしか戦前の暮らしを想ひ北硫黄島を過ぐ

パパイヤの実を喰ふメグロ小笠原ここ母島に今は見るのみ

海原へ沈む太陽一条の光となりてわが船に達す

けもの道

根方より分かれて二本ポプラの木道に傾くその影を過ぐ

小屋朽ちてなほ形あり黒白の斑の牛の繋がれてゐし

雲ひとつ日を遮ればその翳に深みを帯ぶるコスモスの赤

青鷺の岸辺にじつと向き合ひてつひに羽ばたきゆくは雄かも

とがりたる爪の白きがあはれなり土竜の死ぬるを道の辺に見つ

幹に空くカミキリムシの掘りし穴その切り屑の根元に積もる

一筋の落葉の窪むけもの道足もと過《よぎ》り藪にまぎるる

やむ雨に飛び立つコサギ空高く消えゆくまでを指先に追ふ

雨

薔薇の花お好きな色はと聞こえきて雨の園内に半世紀は過ぐ

前をゆくをみなの傘の輪のやさし十六本のほね先めぐる

傘閉ぢてなほぽつぽつと肩先に落ちくる雨を惜しむ乃木坂

わが脇を不意に過ぎゆく自転車のこの世にわれのをらぬが如く

指先に魂《たま》を思ひて優しきか贈物包む店の売り子は

籠下げて

頬白き日雀《ひがら》現れ水浴びす富士の五合目小屋のかたへに

毒茸の見分けかたなどありませんリーダー念押し出発したり

採る人も茸に似たり籠下げて隠るるやうに林道をゆく

五合目の原生林に分け入りぬ米栂《こめつが》の下に松茸はあり

コケモモの赤き実のジャム重けれど富士の土産に今年も求む

舟より見上ぐ

崖沿ひに銀色車輛の滑り来る御茶ノ水駅舟より見上ぐ

焼夷弾の痕と指されて仰ぎたり小舟にくぐる日本橋の桁

鴉三羽鷹にまつはり追ひゆけり大手町の冬の空は晴れて

舵輪とるをとめの背《せな》の美しく水上バスはレインボーブリッジをくぐる

木枯らしの止むお台場を屋形船縁あかあかと電飾のゆく

狐

人気なき一枚づつの陽だまりの棚田明るし姥捨のさと

葉の落ちて風吹き渡る林道の空の高きに寄生木繁る

冬を越す幼虫ひとつゴマダラテフ榎の下の枯れ葉の裏に

鉄橋の赤きをくぐり走る道空のまほらに雪の富士出づ

年越していまだ枯れ葉をとどむるかヤマカウバシをひとつ掌《て》に採む

雪残る雑木林につづく道敷き詰められし藁の束踏む

雪の上の跡点々と後足を前に重ねて狐通りき

自治会

決め事はすべて挙手でと言ふ議長団地自治会の新年度始まる

自治会を脱けたる家に救急車担架の入るを離れて目守る

食べ物かみやげ出さねば人来ずと防災訓練の準備にかかる

「雑草」の定義を言へと立ちし君つかの間なれど迫力ありき

会釈して母と子ゆけり熊手手にゴム長靴のわれはよき人

救急車の音の過ぎゆく会議室部長のかかと刻むをやめず

拍子木の樫の重さに気を締めて師走の夜を打ち鳴らしゆく

さらにまた「雑収入」の内訳を質す監事に午後もつき合ふ

江東

「海面下三十センチ」江東の地下駅降りる入り口に見つ

沈下せし地盤は戻らず地下水の汲み上げやめて四十年経る

深川の八幡宮の裏を来て鉄橋赤し「明治」を渡る

小名木川川幅二箇所仕切られて「パナマ運河」が江東護る

運搬船旧中川より入り来れば赤き鉄扉の降下して閉づ

言問橋

右岸来て言問橋の親柱戦火の跡の黒ずみて立つ

慰霊碑の前に白菊黄菊あり焼夷弾降りし隅田川の岸辺

空襲に裂けたる幹の今もなほ公孫樹芽を吹く浅草寺境内

墓持たぬ寺の明るさ仲見世をきもののをみな連れだちてゆく

境内の手押しポンプの古き井戸子らが押してはあたりを濡らす

デンキブラン

三連の半円アーチの窓残す神谷バー見ゆ吾妻橋より

震災を空襲を耐へ神谷バー今文化財に指定されたり

居場所とはかういふ所一階にデンキブラン飲む人われも一人の

「洋酒」ならデンキブランと気取りしは若き日の自分探しといふか

雷の鳴ればばらばら雹落ちて白き嵐にけぶる浅草

仕合せ

「しあはせ」を「幸せ」と書く今の世になほ守りゐるわれの「仕合せ」

「しごと」の「し」することなれば「仕返し」や「しきたり」などもしてきたること

「する」ことの「合ふ」こそよけれ「仕合せ」はことの成りゆき巡りを言はむ

「尿前《しとまへ》の関」の段には案内人《あないにん》「仕合《しあはせ》したり」と芭蕉の記す

「しあはせを悪くして」とふ円生の何の噺か昭和に聴けり

焼却場

道ばたの土止めの丸太芽吹きをり組みて幾年公孫樹の若葉

こんにちはとまた言はれたりこの道に墓参の人と思はれてゐむ

やはらかき楕円の若葉はりゐんじゆ一枚あてて唇に吹く

てのひらに冷ゆる青竹今年竹節の白き輪指先に撫づ

カマツカの枝のナナフシ腕に乗すゆれてゆらゆら細きこの虫

煙なき太き煙突野に聳え焼却場はなほそこに立つ

茄子トマト胡瓜の続く貸農園ここのみ白きそばの花咲く

ひとしづく澄める音せり雨だれの溜まりに跳ねてまたひとしづく

筒鳥

双頭の絡める葛の長き蔓坂ゆくわれの肩に揺れくる

中指を天道虫の上り来ていま翔び立てり大き陽のなか

雨上がりの朽ち木に生ふるきくらげを指に撫づればひんやり震ふ

大き房出でて山路にたぢろぎぬオクトリカブトの紫いくつ

くぐもりて低く響ける筒鳥のいづこに鳴くや続く木道

岩陰の奥の粒々照らされてヒカリゴケいま黄に輝けり

山上の小さき池塘に棲むヰモリ映る白雲かきわけて出づ

礼文島

灰色のはるけき一線かもめ飛ぶ日本海よりオホーツクの海

咲き乱るる高山植物案内して礼文島育ちとをとめは言へり

動きゐる棘の殻割り掬ひたるムラサキウニの口にとけゆく

飛び立ちてこの岩に来よと呼ぶらしきセグロカモメの親の鳴く声

はばたきて幼鳥つひに飛び立てど岩の手前に落ちて泳げり

両端の地に着く見えて大き虹富良野の空に二重にかかる

大陸に渡れば食はるるシマアヲジ北海道の保護鳥なるを

山百合

丈長く光る緑のネズミムギ線路の脇はぢりぢり暑く

黄に熟るるにがうり割ればくれなゐのどろどろのなか種子のしづまる

木洩れ日の斜面に匂ふ山百合のことし咲きゐて森蘇る

まるき甲小粒なれども緑金に虹色帯ぶるアカガネサルハムシ

清流をたどり来たれば竹林の湧水の辺に塩盛られあり

そこここに波紋の出づる藻のおもて酸欠の沼に泥鰌息つぐ

振り向きてやをら羽ばたき梟は音立てぬまま森の奥に消ゆ

黒白の翅まさやかに陽を受けてアサギマダラは谷渡りゆく

渦巻

渦巻の赤くなりゆくニクロム線厳かなれば畏みて見つ

字の上の微かなる影動き出づ頁を過る命もつもの

尖りたる筍の先細かなる節食ひをれば背筋伸びたり

「明治節」畏れ多しと誕生日月の四日にされたる従兄

峡ふかく川に砂金を採る人の今も居るとふたつきになるや

風上に線香は焚け下手より蚊はくるとわれ古老をまねぶ

人麻呂の「かぎろひ」の里の奈良漬の瓜は南のインドネシアから

宇宙から眺めてみたき日本海烏賊釣り船の集魚灯のきらめき

蝶道

縮めたる首に突き出す嘴の黄の色長しダイサギが飛ぶ

頭越え蝶道めぐる黒揚羽木立のなかをまた戻り来る

夕立の通りしあとの水たまりたちまち出でてあめんぼが蹴る

頭から蛙呑み込むヤマカガシ黄の縞くねらせ水辺を離る

暮れ残る空の暑きに烏瓜うすもの白く展げつつ咲く

つと止みてまた鳴き出づる邯鄲のやさしき声を探すくさむら

集《たか》り来て翔びかふ虫の影なきをＬＥＤはさびしと見上ぐ

夜の野にフラッシュ焚けば黄金の背高泡立草の花の輝く

乗鞍

朝まだき渓の激ちに竿わたす釣人ひとり岩を動かず

雪渓に頭向けつつペダルこぐ若き君らの乗鞍の山

踏みしめて登るガレ場に紫の小さき花の岩桔梗咲く

乗鞍の山頂近し雷鳥はいまだ目にせず霧ふかきなか

乗鞍に霧は晴れたりアルプスの奥のいただき野口五郎岳

谷津干潟

水の面をたゆたふ海月縮みては開く輪の中いのちの透ける

引き潮の水路に速き谷津干潟ひれをすべらせアカエヒのゆく

飛び来たる鴫《しぎ》の嘴長く反り干潟の穴に刺して蟹とる

嘴に平たき鰈いくたびも銜へ直してダイサギの呑む

水の辺のセイタカシギの白き首レンズに一点赤き目の映ゆ

捕らへたるゴカイを水に洗ひをりメダイチドリは人に似るかも

ひたひたと干潟に満ちくる潮のきは餌があるらし鯔《ぼら》の稚魚群る

上げ潮の干潟にのぼる稚魚の群れ降り立つ川鵜に囲ひ込まるる

競馬

顔上げてダークスーツの厩務員重賞レースへ馬引き回す

予想屋のボックス前に集る人客の寄らぬはただ立ちて待つ

砂塵上げコーナーまはる十二頭チンギスハンの軍は幾万

よどみなくレース展開馬の名を流す放送耳に心地よき

躓きて騎手を落としし馬あはれ先頭に出でゴール駆け抜く

横顔はふつうの人の馬主らのわれに縁なき指定席に見ゆ

優勝馬表彰式に臨む騎手左の手綱三番目に持つ

最終のレースとなれば売店におでん焼きそば百円の声す

最上川

夕映えの空のかなたに湧き出でて真雁の群れは沼目指しくる

持ち上げてもぎとる林檎掌に重し丈低き木にいくつと数ふ

校庭に役目を終へて佇める百葉箱は遺跡のごとく

艶のなき花の黄の色日を浴びてアキノノゲシは穏やかに立つ

最上川の岸辺に腰を下ろしたり音は聞こえず水の流るる

「案山子」の銅像

丈高きセイヤウカラシナ実をつけて堤一面風に波立つ

ジヤノヒゲの瑠璃色の玉割つて見よ中の白玉透きて出づるを

寒空の鉄条網に刺されたる飛蝗は黒し百舌の運べる

枯れ葉散る見沼たんぼの用水を辿りて着けり「案山子」の銅像

銅像は一本足とはゆかぬらし唱歌の「案山子」虚空を見つむ

放棄田に並べられゐし古畳土に還るをけふは見て過ぐ

橋の上にバイクの男停まりたりああ夕焼けとわれも足止む

わが影の夜道に映るさやけさに仰ぎて見るは九日の月

火入れ

暮らす人今もをるらし白梅の咲く長屋門郵便車来る

枯れ草の地をゆく鶫止まるたび高く頭を上げて胸張る

秩父嶺の奥に連なる白き山八ヶ岳ならむ荒川の瀬に

屈みゐて川面にきらめく冬の日のまぶた閉づればなほゆらめきぬ

熊手入れ枯野焼く火の端を消す河原撫子夏には咲かむ

枯草の火入れに追はれ野兎の翔ると見るやたちまちに消ゆ

春立ちて十六日目の旧暦の二十七年元旦は晴れ

春祭りの稽古の笛かかろやかに軽トラックより流るる音色

こけし

右ひだり車流るる中洲の上救助するごと市電近づく

身に巻ける綱に反りつつ大男山車の後ろを坂下り来る

俳壇のバトルは羨《とも》し天敵とふ選者の声がホールに響く

「カワイイ」の声する棚の人形のこけしはあはれ「子消し」に由るも

浮き出でし女の顔は仄白く蛍のやうに夜道を来たる

句会

エキナカは夢の浮橋きらきらと店の並ぶを抜けてゆくかも

掃き清め掃き清めして境内のやせたる土に車前草の小さき

雨のなか学徒出陣見送りし人ふたりゐて句会始まる

会果てて憩ふベンチにぱらぱらと楠の花粒風に落ちくる

花菖蒲若き男女の眺めゐてふとこの国のつづくを思ふ

マロニエ通り

地下走る線路は坂に差しかかり壁の灯りの山なりに見ゆ

古文書の講義なつかし崩し字の「楚者《そば》」の暖簾をわがくぐるたび

顔つきの曖昧なるが募金箱差し出すやうにゆらゆらと来る

入り口のウニ弁当の美味さうな「岩手」のショップ歌舞伎座前に

花淡きマロニエ通り翻る燕は銀座に蜂を追ふらし

案内され網をかぶりぬ蜜蜂の翔び交ふ屋上銀座眼下に

マロニエも栃の木もあり年一トン銀座の蜂が花の蜜はこぶ

宙に舞ふ

天才に大中小のあるといふ羽生名人のはかり知れなさ

「羨む」は心《うら》が病むとふ若き日に辞書に見つけて確かに今も

人の負ふ生まれながらの差を受けて折り合ひつけよと説く声低く

有名にならずともよし金持ちになれと教へし「恩師」もひとり

まだ上がるまだまだ上がると世を挙げて土地の投機に浮かれゐし頃

この夏も「柿の木坂の家」歌ふ青木光一八十八歳

夏まひる水をかぶればうちつけに空腹感がみぞおち走る

宙に舞ふ心地のよさを売りにして胴上げ屋出でよわれ客とならむ

和紙

用ゐるは楮に替へて桑の樹皮和紙つくらむと野に枝を伐る

削ぎ取りし外皮の下の薄緑木槌にたたき桑の内皮剝ぐ

桑の皮ゆでてほぐして加ふるはオクラさらししぬめぬめの水

簀の枠にどろりと流す桑の液ムラなく薄く漉くは難し

乾きたる紙を掌に乗す黄緑の桑より成りしごはごはの紙

花オクラ

葉の裏につねと変はらず潜みしか台風過ぎて黄蝶とびくる

いつぱいに葦笛ふけば指先に震へて音の見ゆるがごとし

この響きキツツキならむと探す木に調子変じて鴉の鳴ける

頭文字の順に憶えしそのひとつ秋の七草ヲスキナフクハ

五つ六つ畑の外に花オクラ淡き黄のいろ広げて涼し

「葛藤」といふはこれなり秋の野にもつれてからむ蔓をし見れば

黄に出でて朝な朝なにくれなゐの深みを帯ぶる鶏頭の花

水面切る鮭の背びれの瀬に見えて埼玉《さきたま》流るる利根川の堰

木　菟

熱湯をそそぐ切株生々し伐採のあと止《とど》めを刺せり

美しとけふは川鵜を見上げたりVの字組みて高く空ゆく

狼の動画撮らむと追ふ人の秩父の山の青き連なり

秩父嶺の十文字峠の落葉松の下に松茸出づる頃かも

飛び立ちし影は木菟《みみづく》対岸に一瞬なれどまるき顔見す

大き声猿を追ふらしこの秋は山の木の実も乏しと聞けり

小春日の野の明るさよ瑠璃色の翅ゆつくりと開くルリタテハ

夜店

あんず飴おでん焼きそばじやがバター熊手市立つ氷川の参道

縁日に並ぶ夜店も格付けの渡世と聞けりたこ焼きは「上」

浅ければ横ざまになり生ける鯉あはれ売らるる露店の水槽

一撃を受けて跳ねたる大き鯉尾よりさばかれ口を割らるる

音高く三三七に手を締めて大き熊手をかつぎゆく人

冬至

火打ち石あらば火花を飛ばしたしガマの穂白き綿毛となりて

寒き朝冠羽を跳ね上げてタゲリ降り立つ荒川の原

円を描き池の面泳ぐ嘴のひらたき鴨は藻をすくふらし

冬至には砂まで澄める三番瀬白き頭のミサゴ飛びゆく

三番瀬の堤に群るる都鳥赤き嘴百羽を数ふ

茫々

鉢巻きやヘルメットには縁遠しさりとて正ちやん帽にも親しまず

建築家訃報の記事に思ひ出づ「ものはない方がいい」確かに

入社せし息子の記念に買ひし株今日も下がるを見つめて暮れぬ

縁の下のはびこる蔦を剝がす手に守宮出で来てこのあわてやう

そそぐ湯に溶けて葛粉のゆうらりと透けゆくまでを匙に愉しむ

まんまるの千枚漬けの白き蕪まるのまんまを頬張るうまさ

魚屋をまだやってますとふ賀状あり中学の友六十年経て

今ここでこんなことしてゐていいのかと思はずなりていつか茫々

勝訴

反したるガラスの砂に時を見つ流れ始めて空となるまで

儲けると稼ぐは違ふわかるかねなどと説く人近頃をらず

用なしと受話器を置けど畳屋の声を思へばさびしかりけり

完走のランナーゴールに向き直り誰にともなく一礼したり

小走りに出で来し人は持てる紙縦に開きて「勝訴」と掲ぐ

「万歳」と両手挙げたる人たちは「降参」のごと掌を見す

長きまま食ひてちぎらむ一本のちくわの穴のこの静けさを

かすかなれど隣家に長く鳴る電話闇に目を開け耳澄ましをり

信天翁

海面を白き腹見せ翻りオホミヅナギドリの群れて飛びゆく

三宅島の火口を降りて水の面の浮桟橋に立てば揺れゐる

ごろごろと異形の汁の実カメノテを島の朝餉にひとつ殻割る

羽蒼くイソヒヨドリの飛び立てり荒磯《ありそ》に寄する波の砕けて

三宅島の航路に浮かぶ信天翁波の間白く羽ひろげ立つ

大相撲

吊り屋根の土俵まばゆしつぎつぎと化粧回しの力士が上がる

後ろから送り出されて天仰ぐ力士の顔にわれも似るかも

懸賞の垂れ幕またも永谷園「海苔」「鮭」茶漬け館内に響く

幕内に一人となりて「隠岐の海」ふるさと背負ひ勝名乗り受く

立ち合ひに待つたをかけて二度目なり行司の声に意地の籠れる

海牛

潮引けば箱めがねもて岩陰に蛸とる人の背の動ける

潮溜まりの底にゆらめく白き身の乙女海牛触角赤し

まぶしかる海辺の棚の金目鯛乳白色の身を開かれて

潮干狩り引き揚ぐるころ数十羽ゴカイの散れる浜に鳴くる

風受けてはまひるがほの震ひをり砂地に上向く淡きくれなゐ

高速バス

高速のバスに降る雨水滴のフロントガラスを上へとつたふ

オフィスに並ぶ背広は会議中車進まぬ高架に見ゆる

車列とはわからぬほどに間をとりて自衛隊車輛の続く「関越」

対向車つぎつぎライトきらめかせトンネル来たれば万華鏡のなか

夕闇のパーキングエリアに降り立てば頭上黒々と蝙蝠のとぶ

戦後

横丁に印刷屋ありきローラーのインクの匂ひただよひし戦後

道ばたのヘクソカヅラの赤き実を擦り込みたりきしもやけの手に

小型機の空よりひらひら撒けるビラただ拾はむと追ひかけたりき

窓閉めてトンネル走る汽車になほ滲む黒煙鼻をつきにき

巡幸の車列の進む沿道に人われ坐して日の丸振りき

跨線橋

回送のカラの列車はかろやかに三番線を過ぎてゆきたり

足下を首の居並ぶ車輌過ぎプラットホームに浮遊するかも

線路来て潜水艦の黒き列ガソリン車輛の轟きてゆく

先頭車の窓にレールの光る見ゆわが指二本立てるその幅

東北線見下ろして立つ跨線橋過ぎゆくバスに足下震ふ

包丁

看板の「昼から飲めます」ここにせむ旧友われら連れ立ち入る

注文にまづはちくわの磯辺揚げアヲサのころも目に浮かべつつ

見上げつつ板書に探す一品はいなごのから揚げ久しく食はず

俎のまぐろは太し包丁をかざすや店主カマに刺し込む

退職後趣味だけでは過ごせぬと背中の客の声力込め

渡良瀬

立札は県の境ぞ田の溝に群馬埼玉栃木をまたぐ

渡良瀬の湖《うみ》よりはるか望みゐる初冠雪の富士のさやけさ

川沿ひに上りて来しか渡良瀬の水の面をゆくセグロカモメは

降りる場所見つからぬらし白鳥の三羽頭上をめぐりてゆきぬ

ただ広き湖面を渡り聞こえ来る日光線の踏切の音

鷹柱

跳び乗りてガードレールに構へたる猿に気圧され走る山道

枝喰ひて尻に重ねし熊の棚上溝桜《うはみずざくら》の高きに残る

Vの字の峡わたりくるハチクマの空に五十羽鷹柱立つ

肉は熊琥珀の色は松茸酒宿の夕餉に力わきくる

笠のうら返して置きしツキヨタケ土間の暗きに仄白く見ゆ

あとがき

本書は私のはじめての歌集である。短歌実作十年、折しも平成の時代が終ると決まって、私もひとつの区切りとして、歌集を出しておこうと思い立ったのである。平成二十一年から三十年にかけて発表したなかから、四百首を収めた。ただし配列は必ずしも編年体にはなっていない。

十年前、六十五歳で大学を定年退職し、その後はもっぱら山野を歩き、さまざまの生き物に接し、書斎にあっては文学、短歌に親しんできた。どちらも十代の頃の興味、関心が蘇ったわけである。ただし短歌について振り返ってみると、小学生の頃百人一首のかるた取りに興じ、中学から高校にかけては、島木赤彦と斎藤茂吉に強い印象を受けたものの、同時代の短歌となると、隠者の慰みというイメージだった。加えて、新聞の文芸欄で知った短歌第二芸術論は迫力のあるものだった。以後遠ざかっていたが、五十歳を過ぎた頃、図書館でたまたま手にした本に山崎方代を知り、おもしろく感心した。短歌が身近なものとなり、自分でやってみるのもおもしろそうだと思い、そのことを頭の片隅に置いて定年を迎えた。

さて短歌実作を始めてみると、赤彦、茂吉の「写生」が三つ子の魂として自分のなかにあった。対象を描くことが基本と思い、できた作品を総合誌や短歌大会に投稿し、やがて結社に入会し、現在に至っている。

私の短歌観は素朴なものである。短歌はまず自分のために、自分を確かめるために作る。世界を鮮明なものとして、現実のなかに真実を見たいのである。短歌の定型によってまず心の居住まいが正される。その調べとともに背筋が伸びるのだ。さらに文語と旧仮名づかいを用いることで日常を離脱するおもしろさがある。そうして一首を作り上げる過程で、今まで見えていなかったものが見えてくる。世界の発見、再発見である。その自分のために作った歌を発表するのは、他者の共感を求めてのことだが、願いとしてである。

退職後の私のもうひとつの関心は山野の自然観察であった。私の住んでいるさいたま市郊外の見沼田んぼは、自然のゆたかなところで、散歩するだけでもおもしろいのだが、さらに日本野鳥の会に入会し、その他にも野草やきのこの観察会に参加することで関心を広げてきた。鳥や草花、昆虫の世界が広がっていくのは楽しい。まず名を知ること。なんであれその名を知らなければ存在しないも同然である。それまで漫然と映っていた外界が、そのつもりで見ることによって、名前を持ったものとしてはっきり見えてくる。その感動をまた短歌に詠みたくなるのだ。ただしはじめからそのつもりで出かけるのではない。素材への期待はあるが、外へ出れば、双眼鏡やカメラ、ルーペで対象を追い、図鑑を調べることでその場が過ぎていく。遠出したときは、後日、印象的なことが短歌として頭に浮かんでくるのだ。その結果として、自然界の生きものの生態が私の短歌の主題になった。本書に御覧いただく通りである。

また短歌を通して、いろいろ新しく人のつながりができたことは有難い。なかでも平山公一氏と磯田ひさ子氏を核とする、超結社「銀の会」の仲間との、月一回の歌会は刺戟的で、参加して七年になるが、教えられることばかりである。結社「運河の会」も、事務局を手伝うようになり、いくらかでもお役に立てればと思っている。短歌があっての日々である。
この歌集を担当していただいた短歌研究社の國兼秀二氏、菊池洋美氏には、丁寧に見ていただき、感謝申し上げる。

平成三十年八月五日

島崎征介

著者略歴

島崎征介（しまざきせいすけ）
昭和 17 年名古屋生まれ
日本歌人クラブ会員
運河の会会員

省検
略印

平成三十年九月三十日　印刷発行

歌集 鷹《たか》柱《ばしら》

定価 本体一八〇〇円（税別）

著者 島《しま》崎《ざき》征《せい》介《すけ》
郵便番号三三七―〇〇三二
埼玉県さいたま市見沼区東新井
七一〇―五〇一―一四―二〇六

発行者 國兼秀二

発行所 短歌研究社
郵便番号一一二―〇〇一三
東京都文京区音羽一―一七―一四 音羽YKビル
電話 〇三(三九四四)四八二二・四八三三番
振替 〇〇一九〇―九―二四三七五番

印刷者 研文社
製本者 牧製本

ISBN 978-4-86272-592-9　C0092　¥1800E